THE USBORNE BOOK OF EVERYDAY WORDS

Sticker Book

in French

Designer and modelmaker: Jo Litchfield

French language consultant: Lorraine Beurton-Sharp
Photography: Howard Allman

With thanks to Staedtler for providing the
Fimo® modeling material

How to use this book

Each double page in this book shows a busy scene. Around the edges you will find the names of some of the things in the scene and spaces for putting the appropriate picture stickers. Encourage your child to match the word on the stickers, giving help if needed by reading out the names.

First published in 2000 by Usborne Publishing Ltd, 83-85 Saffron Hill, London EC1N 8RT, England. www.usborne.com
Copyright © 2000 Usborne Publishing Ltd. The name Usborne and the device ☺ are Trade Marks of Usborne Publishing Ltd.
All rights reserved. No part of this publication may be reproduced, stored in a retrieval system, or transmitted by any means, electronic, mechanical, photocopying, recording or otherwise, without the prior permission of the publisher.
First Published in America 2001. AE. Printed in Italy.

La ville

 Trouve quinze voitures

la station-service

le supermarché   les magasins

l'hôpital

la piscine   l'école   le parking   le cinéma   le pont

La rue

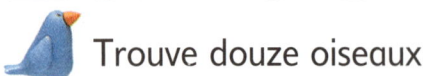 Trouve douze oiseaux

la boulangerie

le serveur

l'agent de police la pharmacie la poussette l'arrêt de bus la boucherie	le chien	le café	la planche à roulettes

le pompier

le landau	le lampadaire	la poste	le chat	le boulanger

La maison

Trouve huit tasses

la porte   la poignée   la moquette   le toit   la rampe

la cheminée   l'interrupteur   le tapis   la fenêtre   l'escalier

Le jardin

Trouve dix-sept vers de terre

la chenille

le pot de fleurs

l'abeille

la binette

l'os

la limace   la coccinelle   la feuille   l'escargot   la fourmi

le râteau

la niche

l'arbre

le barbecue

le papillon   la brouette   les graines   le nid   la tondeuse

La cuisine

 Trouve dix tomates

l'évier　　le couteau

le lave-linge

le grille-pain

la chaise　　la soucoupe　　la table　　la tasse　　la poêle

le four à micro-ondes la fourchette la passoire la cuisinière la cuillère

la pelle à ordures

le lave-vaisselle

l'assiette la casserole la carafe le bol le réfrigérateur

La salle de séjour

 Trouve six cassettes

le CD

le porte-monnaie

le fauteuil

l'aspirateur   la cassette vidéo   le canapé   le magnétoscope

 la poussette
 l'ardoise
 l'hôpital
 la bougie
 la cassette vidéo

 le cercle
 marron
 la paille
 le cerf-volant
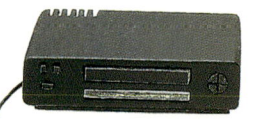 le magnétoscope

 la ballerine
 la fleur
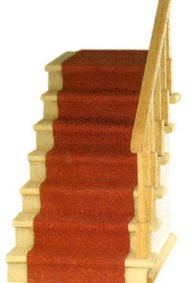 l'escalier
 l'astronaute
 le tabouret
 rose

 le canapé
 le supermarché
 le nid
 le chevalet
 la porte

 la pelle à ordures
 le crayon
 l'ours en peluche
 la mini-chaîne
 orange

 le cheval
 le toboggan
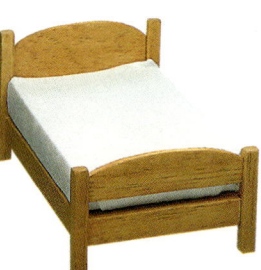 le lit
l'arbre

 le CD
 le pot de fleurs
 vert
 l'école
 la fourmi

 la soucoupe
 la glace
 le croissant
 le cinéma
 le chiot

 la télévision
 la cuisinière
 le coq
 le bonbon
 rouge

 les balançoires
 la station-service
 le parking
 le triangle

 le serveur
 la bascule
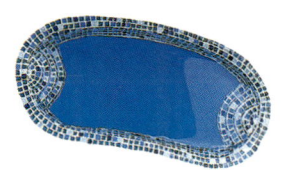 la piscine
 le piano
 la carafe
 le docteur

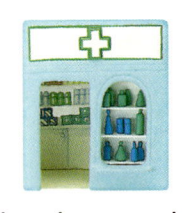 la pharmacie
 le tambour
 le chocolat
 l'oiseau
 le cochon

 le ballon
 la poupée
 l'éléphant
 le gâteau
 la boulangerie

 la cheminée
 le landau
 la niche
 les frites
 le canard

 la grange
 le papillon
 le grille-pain
 gris
 le veau

 l'os
 le tourniquet
 l'abeille
 le hot dog
 le serpent

 le chien
 le bol
 le crocodile
 la gomme
 le compotier

l'escargot

le papier

le casque stéréo

le lampadaire

la tondeuse

la binette

le tapis

le râteau

le réveil

la fusée

la flûte

la marionnette

la couverture

le cadeau

l'aspirateur

la peinture

le puzzle

la chenille

l'âne

la carte

les chips

 le barbecue
 le lapin
 bleu
 le bébé   la chèvre

 la boucherie
 la pendule
 le sandwich
 la girafe
 la poste

 le carré
 le pop-corn
 le hamburger
 la cassette
 l'agneau

 la commode
 le coussin
 la chaise
 le lion
 la poule

 la poêle
 le cochonnet
 la tasse
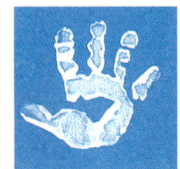 blanc
 le chat

l'agent de police

la fourchette

le ruban

la colle

la fille

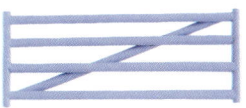
la barrière

le dindon

le porte-monnaie

le toit

l'oie

la table

le fauteuil

le ruban adhésif

le vaisseau spatial

la rampe

le feutre

le pont

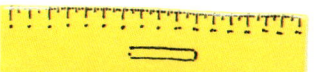
la règle

le taureau

la casserole

la mare

le robot

l'ovale

le garçon

le mouton

la planche à roulettes

les cartes

l'évier

la ficelle

le poussin

l'assiette

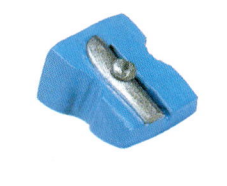
le taille-crayon

le trompette

le portemanteau

noir

les graines

l'arrêt de bus

la moquette

la passoire

la chaise haute

la fenêtre

le couteau

jaune

la poignée

la feuille

le cahier

le café

la coccinelle

le tambourin

le stylo à encre

violet

le boulanger

le pompier

la limace

le lave-linge

le pirate

la sirène

le clown

la vache

la craie

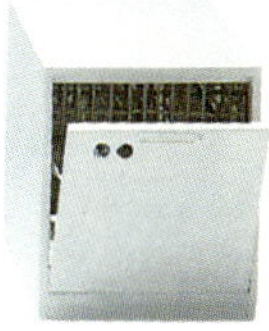

le lave-vaisselle

la cuillère

le magnétophone

les cubes

l'étoile

le réfrigérateur

le caneton

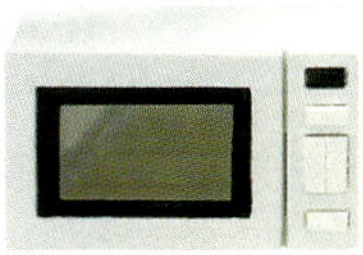

le four à micro-ondes

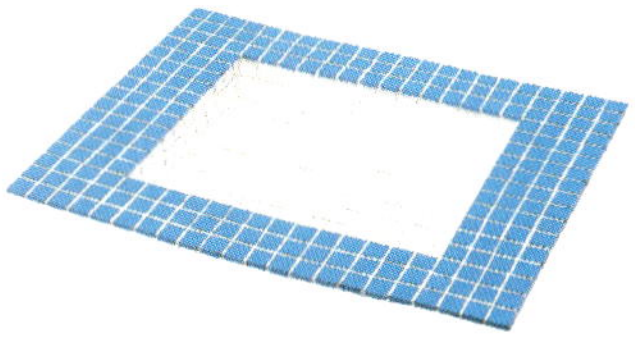

la pataugeoire

la raquette de tennis

le pinceau

le plateau

le table de nuit

les magasins

les ciseaux

le rectangle

l'interrupteur

l'instituteur

le cow-boy

la brouette

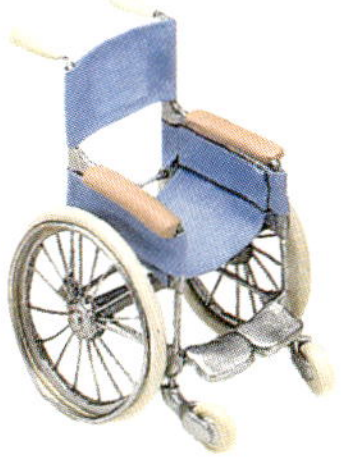

le fauteuil roulant

le fermier

la mini-chaîne   le puzzle   la télévision   la flûte

la fleur

le compotier

le tambourin

le plateau

le coussin   le piano   le casque stéréo

La chambre

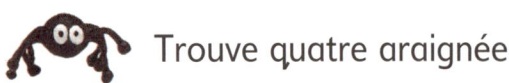 Trouve quatre araignées

le crocodile   la trompette

la commode

le robot

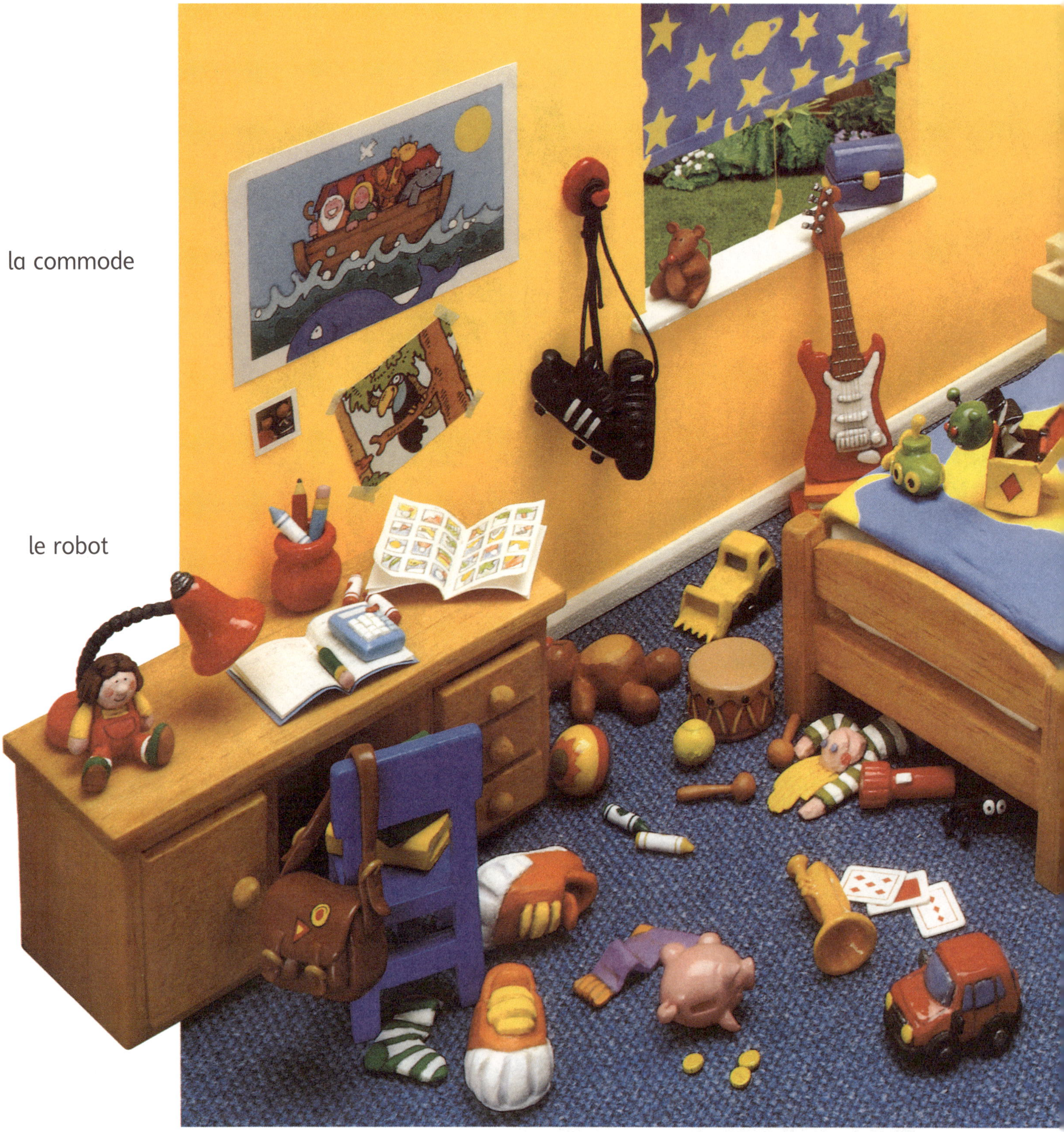

le lit   l'ours en peluche   la fusée   la poupée   le tambour le vaisseau spatial   l'éléphant   la cassette   le serpent   le réveil

la marionnette

la table de nuit   le lion   la couverture   la girafe   les cartes

La ferme

Trouve cinq chatons

le cochonnet   le cochon

l'oie

le taureau

la vache

le veau

le coq   le poussin   la poule

la grange le lapin le mouton l'agneau la mare

l'âne

la chèvre

le fermier

le dindon

la barrière le caneton le canard le chiot le cheval

La salle de classe

 Trouve vingt crayons cire

le taille-crayon

le chevalet

le stylo à encre

le papier

le feutre

la craie

le portemanteau les ciseaux l'ardoise

la ficelle · le tabouret · le crayon · la gomme · le ruban adhésif

la colle

les cubes

la peinture

le pinceau

la pendule · le cahier · la règle · l'instituteur

La fête

Trouve onze pommes   le magnétophone   le cadeau

le pirate

le docteur   les chips   le pop-corn   le ballon   le ruban

le cow-boy

le gâteau　　le chocolat　　la glace　　la carte

la ballerine

la sirène

l'astronaute

le bonbon　　la bougie　　la paille　　la chaise haute　　le clown

Le jardin public

Trouve sept ballons de football

la pataugeoire

le garçon

l'oiseau   le sandwich   la raquette de tennis   le hamburger   le cerf-volant

le bébé

le hot dog

les frites

le fauteuil roulant

la fille

les balançoires   la bascule   le tourniquet   le toboggan

23

Les formes

l'ovale le cercle le croissant

le triangle

le carré

le rectangle l'étoile

Les couleurs

rouge rose

jaune marron

gris bleu

violet blanc vert noir orange